Nele Moost nació en Berlín (1952). Escribe historias para niños y adultos. Tiene muchos amigos, pero sólo el perro azul la acompaña siempre. Él vive en la Luna y en su corazón.

Jutta Bücker nació en Burgsteinfurt (1970) y vive actualmente en Hamburgo, dedicada a la ilustración de libros. Le gusta dibujar especialmente los perros y el mar.

Nele Moost/Jutta Bücker
Título del original alemán: *Der Mondhund*
Traducción de L. Rodríguez López

© 2000 by Thienemanns Verlag, Suttgart-Wien
© para España y el español: Lóguez Ediciones
  37900 Santa Marta de Tormes (Salamanca) 2001

ISBN: 84-89804-35-4

Nele Moost

EL PERRO EN LA LUNA

Jutta Bücker

Lóguez

El perro pequeño y el perro
grande eran grandes amigos.
El perro grande era capaz de todo.

El perro pequeño era capaz de poco.
Pero eso no importaba nada,
pues el perro grande
era su amigo.

Por las noches, el perro pequeño

le contaba a su

amigo historias del perro de la luna.

Los dos tenían grandes
planes para el futuro.

Pero un día, llegó

otro perro. Y el perro grande ya

no quiso saber nada

del perro pequeño.

De pronto, incluso,
la luna estaba vacía. Cuando
se está triste, uno ni siquiera
puede ver al perro de la luna,
pensó el perro pequeño.

"Naturalmente que no", dijo el
perro de la luna. "¡Es que estoy aquí!"

El perro pequeño jugó toda
la noche con el perro de la luna.
Hicieron cosquillas a las estrellas hasta
hacerlas soltar polvo. Mordieron en
la luna hasta hacerla menguar.

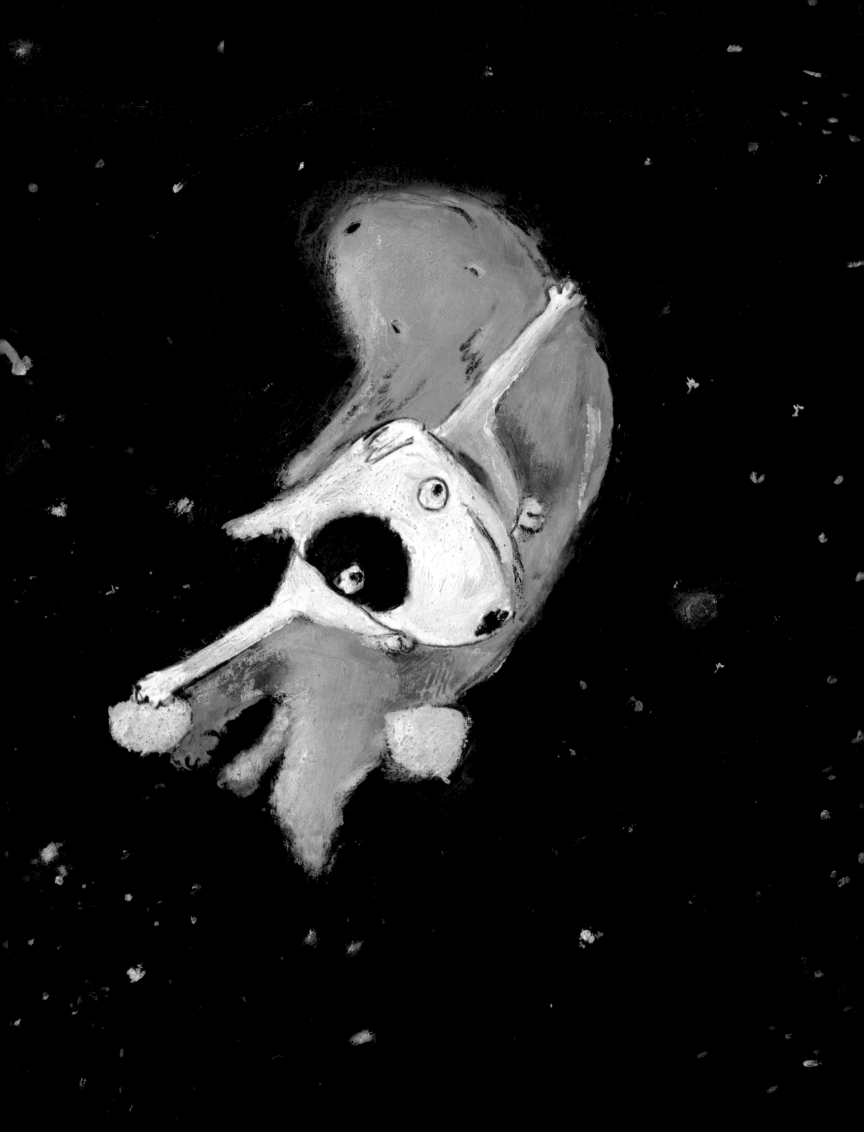

Y bailaron sobre la luz hasta
hacerla palidecer.

Y llegó la mañana y el perro

de la luna tuvo que irse.

"¡No te vayas!",

exclamó el perro pequeño.

Y el perro de la luna

contestó: "Volveré tantas

veces como tú quieras".

Al día siguiente, el perro
grande recordó lo bonito que siempre
había sido todo con el perro pequeño.
"¿Juegas con nosotros?", le preguntó.
El perro pequeño se puso contento y
estuvieron juntos durante
todo el día.

Pero, por la
noche, el perro
pequeño cerró los
ojos y esperó a su amigo azul.